AF381324

OSCAR WILDE

El esplendor y la decadencia
de un dandi escritor

Por Hervé Romain
Traducido por Laura Bernal Martín

Arte y literatura 

OSCAR WILDE

- **¿Nombre?** Oscar Fingal O'Flahertie Wills Wilde.
- **¿Nacimiento?** Nacido el 16 de octubre de 1854 en Dublín (Irlanda).
- **¿Muerte?** Fallecido el 30 de noviembre de 1900 en París (Francia).
- **¿Contexto?** Londres en la época vctoriana, cuando los dandis y los estetas dominaban las salas de reuniones, donde defendían la vanguardia literaria y artística.
- **¿Obras principales?**
  - *El crimen de Lord Arthur Savile* (1887)
  - *El fantasma de Canterville* (1887)
  - *El retrato de Dorian Gray* (1891)
  - *Salomé* (1891)
  - *Un marido ideal* (1895)
  - *La importancia de llamarse Ernesto* (1895)
  - *De Profundis* (1897)
  - *La balada de la cárcel de Reading* (1898)

Existen pocos personajes tan fascinantes como el irlandés Oscar Wilde. Vamos a dibujar su retrato en unos pocos trazos. Marco: la Inglaterra victoriana de finales del siglo XIX. Decorado: una sala de reuniones de la alta burguesía. Ahí encontraríamos al dandi, vestido de manera impecable y siendo el centro de todas las miradas. Wilde, que se proclama a sí mismo «profesor de estética» (Wilde 2007, prólogo), lanza contra quien quiera oírlo mordaces aforismos sobre el arte, la moral y la belleza. Sin embargo, este brillante charlatán ávido de celebridad no es tan superficial como podríamos pensar, y tras esa máscara de vanidad surge un verdadero filósofo y, sobre todo, un brillante escritor.

El esteta, defensor del arte por el arte, se revela en la práctica un crítico pertinente, conocedor de la producción artística de su tiempo; la verdadera personalidad del dandi nos muestra un poeta exigente que busca la belleza en todas las cosas; el filósofo, por su parte, expresa su concepción de la vida en sus ensayos; el narrador expresa su imaginación fértil y rebosante de curiosidad en varios cuentos y una novela y, finalmente, Wilde, como verdadero maestro de la palabra, se expresa plenamente en su papel de dramaturgo de éxito. De manera general, ya sea como crítico, poeta, ensayista, narrador, novelista o dramaturgo, su inteligencia y su refinamiento irrumpen en cada página de su obra como un espectáculo de fuegos artificiales. Porque Wilde nunca es aburrido y se lee, por encima de todo, por placer. Su escritura, llena de humor y de erudición, ligera sin caer en la futilidad, es profunda por exceso de superficialidad y llega a lo universal por vías frívolas. A todo ello se le suma una chispa de provocación que aún a día de hoy sigue llenando de encanto sus textos.

Sin embargo, aunque en su época algunos le adulan, el escritor también sufre la injuria de aquellos que le consideran inmoral. Tras este hombre respetable se esconde un paria que las conciencias puritanas tachan de libertino y de perverso, antes de condenarle a dos años de cárcel y al olvido. ¿Su crimen? Ser homosexual.

CONTEXTO

EL TODOPODEROSO IMPERIO BRITÁNICO

Oscar Wilde nace en Irlanda, que se encuentra bajo dominio británico desde el siglo XVI y que forma parte del Reino Unido desde el Acta de Unión de 1800. Pero a finales del siglo XIX los movimientos independistas ganan fuerza, deseosos de ver cómo se aplica el Home Rule, un tratado que le concede la autonomía al país. No obstante, habrá que esperar hasta 1921 para que este entre en vigor.

En esa época, el Imperio británico se encuentra en su apogeo. La política está marcada por los mandatos de los primeros ministros William Ewart Gladstone (1809-1898) y Benjamín Disraeli (1804-1881), pero la figura emblemática del momento es sin duda alguna la reina Victoria (1819-1901), que gobierna el país de 1837 a 1901 y a la que la época victoriana debe su nombre. Bajo su régimen, el poder militar y comercial del

Reino Unido es tal que domina el mundo entero, extendiendo sus colonias por el subcontinente indio, Canadá, África y Australia. La fuerza económica del país es tanta que atraviesa con un crecimiento positivo la Gran Depresión (1873-1896), una crisis económica de alcance mundial. Además, logra imponer su práctica de comercio libre en una época en la que el proteccionismo reina en las otras zonas de Occidente. En esto tiene mucho que ver su avanzado desarrollo en materia tecnológica e industrial.

UNA SOCIEDAD A DOS VELOCIDADES

En esta época, el país y especialmente Londres, su capital, adopta la imagen que conocemos hoy en día. El barco de vapor y las vías férreas transforman tanto las costumbres de la sociedad como el paisaje. Durante este período de urbanización frenética se construyen el Big Ben (1859), el metro londinense (1863), el Royal Albert Hall (1871) o el Tower Bridge (1897). Al mismo tiempo, la población se multiplica y la capital británica se convierte en la ciudad más poblada del mundo, además de en la más moderna gracias a los recientes progresos de la electricidad, la telefonía, el automóvil y el cine.

El desarrollo del mundo de los negocios, de la bolsa y del banco va de la mano con el aumento de poder de la clase media y de la aristocracia. Ambas forman el *establishment*, es decir, la clase dominante o el poder establecido. La sociedad victoriana, preocupada por la imagen y la etiqueta, quiere dar ejemplo en materia de civilización, y se distingue por su moral puritana y conservadora, para la que la familia, las buenas costumbres y la respetabilidad son las prioridades nacionales. Sin embargo, la realidad no es tan perfecta como parece. Aunque el matrimonio es sagrado, no suele involucrar amor, y el adulterio es una práctica común. La condición de la mujer, relegada a la sombra en una sociedad esencialmente patriarcal, no tiene mucho que envidiar, pero peor aún es la vida de las mujeres pobres y de las clases populares en general, que son hostigadas, explotadas y padecen hambre. Sin embargo, al mismo tiempo, se asiste a importantes progresos sociales con el nacimiento de movimientos feministas, sindicalistas y sufragistas, así como de asociaciones caritativas.

EL PRESTIGIO DE LAS LETRAS INGLESAS

En literatura, la segunda mitad del siglo XIX conserva la gloria de los poetas románticos William Wordsworth (1770-1850), Lord Byron (1788-1824), Percy Bysshe Shelley (1792-1822) y John Keats (1795-1821), a los que se añaden prestigiosos nombres como Alfred Tennyson (1809-1892), Robert Browning (1812-1889), Matthew Arnold (1822-1888) y William Butler Yeats (1865-1939). Pero en esta época, todas las miradas se dirigen a la novela. Ya destacan en este género las hermanas Brontë —Charlotte (1816-1855), Emily (1818-1848) y Anne (1820-1849)—, al igual que William Makepeace Thackeray (1811-1863). Pero es Charles Dickens (1812-1870) el que para muchos es la figura más importante de la novela anglófona, con inolvidables relatos como *Oliver Twist* (1837-1839), *Cuentos de Navidad* (1843) o *David Copperfield* (1849-1850). La novela social y psicológica está de moda en la época, y cuenta entre sus representantes con George Eliot (1819-1880), George Meredith (1828-1909) y Thomas Hardy (1840-1928).

Pero la literatura de género también gana en reconocimiento: la policíaca con Arthur Conan Doyle (1859-1930) y su famoso detective Sherlock Holmes; la aventura y el exotismo con Robert Louis Stevenson (1850-1894), autor de *La isla del tesoro* (1883) y Rudyard Kipling (1865-1936), autor de *El libro de la jungla* (1894); la ciencia ficción con Herbert George Wells (1866-1946) (*La guerra de los mundos*, 1898) ; lo fantástico con Bram Stoker (1847-1912) y su Drácula (1897), y la literatura infantil con Lewis Carroll (1832-1898), autor de *Alicia en el país de las maravillas* (1865). Finalmente, el teatro —que no tiene nada que envidiarle a la literatura— tiende ante la sociedad victoriana un espejo a veces adulador y a veces sarcástico a través de las obras de George Bernard Shaw (1856-1950) o las operetas del dúo formado por William S. Gilbert (1836-1911) y Arthur Sullivan (1842-1900).

LA DECADENCIA A LA FRANCESA

No hay que olvidar que Francia ejerce una influencia crucial sobre los escritores británicos en general y sobre Oscar Wilde en particular. Siguiendo los pasos de Théophile Gautier (1811-

1872), la escuela poética del Parnaso defiende el principio del arte por el arte, es decir, un arte alejado de cualquier consideración que no sea el arte en sí mismo. Después, siguiendo la estela de Charles Baudelaire (1821-1867), asistimos en los años 1880 al desarrollo del decadentismo. A la imagen de la obra maestra *A contrapelo* (1884) de Joris-Karl Huysmans (1848-1907), las obras decadentes hacen énfasis en el estilo más que en la historia, lo que les lleva a deformar las estructuras tradicionales poniendo en escena a dandis de depravadas costumbres.

En Inglaterra, Algernon Charles Swinburne (1837-1909), Oscar Wilde, Arthur Symons (1865-1945) y Max Beerbohm (1872-1956) se hacen eco de estos movimientos, bajo los rasgos del esteticismo, concebido como una búsqueda intransigente de la belleza y del refinamiento de todas las cosas.

EL ESTETICISMO EN LAS ARTES

Esta tendencia también encuentra su equivalencia en las artes con el desarrollo de nuevas corrientes artísticas que insisten en la elegancia. A partir de 1848, los pintores prerrafaelitas —liderados por Dante Gabriel

Rossetti (1828-1882)— se levantan contra el estilo académico y convencional y abogan por una vuelta a los valores más puros, anteriores a una tradición que consideran anquilosada y que elevan a un pedestal a Rafael (1483-1520), de ahí su nombre. Se inspiran sobre todo en los mitos y en las leyendas medievales, y prolongan la renovación que ha experimentado la arquitectura inglesa con el estilo neogótico (*gothic revival*). La segunda generación prerrafaelita, representada por Edward Burne-Jones (1833-1898) y William Morris (1834-1896), aplica estos principios a las artes decorativas (mobiliario, tapicería, libros ilustrados, vidrieras). Estos artistas emplean motivos como la estilización extrema de elementos naturales y se comprometen socialmente, por lo que se acercan así al modernismo, una corriente arquitectónica y decorativa que se inspira en el japonismo y que privilegia la decoración, los elementos curvilíneos, los motivos vegetales y los materiales exóticos. Este movimiento se expande por Europa y por el mundo entero a finales del siglo XIX. Los dibujos de Aubrey Beardsley (1872-1898), ilustrador del *Salomé* (1891) de Wilde, constituyen el lado perverso de esta inspiración.

BIOGRAFÍA

APRENDIENDO DE LOS MEJORES

Oscar Wilde nace el 16 de octubre de 1854 en una familia acomodada de la burguesía dublinesa, de tradición protestante. Pero su madre, feminista y poeta, tiende al catolicismo hasta el punto de que hace bautizar a sus hijos a escondidas. Wilde se siente toda la vida atraído por la religión católica, de la que le gusta tanto su fastuosidad como sus misterios, pero no por ello deja de desarrollar una sensibilidad pagana, derivada de su amor por la Antigüedad —en primer lugar por Grecia—.

Wilde es un alumno brillante que destaca tanto en Irlanda, donde acude al Trinity College, como en Inglaterra, donde continúa su carrera universitaria en Oxford. Enseguida cultiva un gusto por las letras, sobre todo clásicas, renacentistas (Shakespeare) y románticas (Byron, Keats, Shelley). Entre los escritores estadounidenses, aprecia a Edgar Allan Poe (1809-1849), Walt Whitman (1819-1892) y Henry James (1843-1916). En Oxford acude a las clases de profesores que se convertirán para él en verdaderos maestros pensadores: John Ruskin (1819-1900) y Walter Horatio Pater (1839-1894), dos grandes defensores y teóricos del prerrafaelismo. También se convierte a la masonería.

Sus viajes a Italia y a Grecia, de carácter obligado en la educación de todo *gentleman*, suponen para él un choque estético. De esta experiencia nacen poemas a medio camino entre el misticismo y el materialismo que se convertirán en sus primeras obras publicadas, primero de manera separada y después en una antología (*Poemas*, 1881).

EL JUEZ DE LA ELEGANCIA

Oscar Wilde se instala en Londres en 1878 y su personalidad le lleva a cultivar una actitud distinguida y un gusto tan definido como anticonformista. Su popularidad es cada vez mayor. Por encima de escritor, Wilde es un extraordinario conversador que habla con petulancia y refinamiento. No tiene un proyecto concreto, pero lo que desea es hacerse famoso cueste lo que cueste.

Está ocioso y se entrega a la mundanidad, recibiendo en sus apartamentos exquisitamente decorados a amigos y compañeros, frecuentando a artistas y a cómicos, entre ellos a Sarah Bernhardt (1844-1923), recorriendo galerías de arte en las que se revela un crítico perspicaz y original. Sea cual sea la circunstancia, Wilde causa sensación entre el público debido a su vestimenta, a sus aires de dandi y a sus dotes persuasivas.

Aunque al cabo de unos años se puede vislumbrar una homosexualidad más que naciente, no se atreve a hacerla pública. Sin embargo, no podemos considerar que su matrimonio con Constance Lloyd en 1884 sea un puro acto de convención social: parece que sus sentimientos por ella, con la que tiene dos hijos, Cyril y Vyvyan, son sinceros.

DEL DANDI AL ESCRITOR

Su personalidad destaca tanto que se le caricaturiza ya en esa época. La revista *Punch* se convierte en su peor enemigo, mientras que Gilbert y Sullivan le ridiculizan en su obra satírica *Paciencia* (1880). No obstante, cualquier publicidad es buena, y lo cierto es que tras esta obra se le propone realizar una gira de conferencias por los Estados Unidos. Durante el año 1882, Oscar Wilde cruza el Atlántico para asentar su prestigio a este lado del mundo, un lugar en el que el arte y su originalidad causan sensación.

A este viaje en territorio estadounidense hay que sumarle sus varias escapadas a París, durante las que frecuenta a los vanguardistas de las letras francesas. Desde su infancia, Wilde domina el francés a la perfección: ha leído a Honoré de Balzac (1799-1850), un gran narrador de historias, a Théophile Gautier, con el que comparte su pasión del arte por el arte, y a Baudelaire, del que aprecia su romanticismo mórbido. Pero la verdadera revelación acontece cuando descubre *A contrapelo*, de Huysmans, en el que se inspirará para concebir su única y célebre novela, *El retrato de Dorian Gray* (1891).

El período de actividad literaria más intenso de Wilde no llega a los diez años, de 1886 a 1895. No obstante, durante este breve lapso de tiempo demuestra un amplio registro de talentos que conocen un éxito desigual y que a menudo provocan escándalo. Dejando un poco de lado la poesía de su juventud, se dedica a los relatos cortos, creando por una parte novelas cortas de tonos fantásticos (*El crimen de Lord Arthur Savile* o *El fantasma de Canterville*, 1887), y por otra cuentos ingenuos para niños (*El Príncipe Feliz y otros cuentos*, 1888), además de una poesía delicada e incluso mórbida que también son cuentos para adultos (*Una casa de granadas* o *Salomé*, 1891). También destaca en el género ensayístico, que le permite precisar su filosofía sobre el arte y la vida (*Intenciones*, 1891).

ESPLENDOR Y DECADENCIA

En último lugar, pero no por ello menos importante, Wilde se afirma como autor de teatro que, aunque no es brillante, demuestra talento. ¿Acaso no dice él mismo que puso todo el ingenio en su vida y solo el talento en sus obras? Después de dos ensayos fracasados que se movían en el registro de la tragedia a principios de los años 1880, sus comedias dan rienda suelta a su don para el diálogo original y chispeante. Podemos citar *El abanico de Lady Windermere* (1892), *Una mujer sin importancia* (1894) y, sobre todo, las que más se siguen representando aún hoy: *Un marido ideal* (1895) y *La importancia de llamarse Ernesto* (1895).

Pero aunque saborea el éxito, al dandi no le va tan bien en el plano personal. En 1895, Wilde, que ya reconoce sus relaciones homosexuales, es denunciado por el padre de su joven amante Lord Alfred Douglas (1870-1945) por comportamiento indecente. En la Inglaterra victoriana, la homosexualidad es ilegal y se reprime con fuerza. A la denuncia le siguen tres juicios, tras los que se le impone la pena máxima: dos años de trabajos forzosos.

Como se puede adivinar, la conmoción es grande para alguien que solo conoce una vida llena de placeres. No solo se enfrenta a la prueba física que supone el enclaustramiento, sino también a la del abandono: ya (prácticamente) nadie se atreve a defender a este paria vilipendiado. Durante su encierro le escribe una larga carta a Douglas: *De Profundis* (1897). Wilde, que no obtiene una remisión de la pena, sale de la cárcel en 1897. Sin embargo, no se recupera de esta experiencia. Solo publica un texto más, un canto de cisne rebosante de honestidad y lejos de las fantasías de antaño: *La balada de la cárcel de Reading* (1898). Exiliado en Francia, vive tres años más antes de que una meningitis acabe con su vida. Muere el 30 de noviembre de 1900, con solo 46 años y sumido en la pobreza y el olvido.

Las buenas palabras de Oscar Wilde

Oscar Wilde colorea durante toda su vida sus discursos y sus conversaciones con frases punzantes ahora célebres. Por ejemplo, cuando llega a los Estados Unidos, le dice al aduanero: «No tengo nada que declarar, salvo mi genio» (Isla 2000). En las cenas, le gusta soltar que «se puede resistir a todo, menos a la tentación» (Ortega Blake 2013) o afirmar que nunca hay que dejar para mañana lo que se pueda hacer pasado mañana. Finalmente, en sus últimos días, encamado en un miserable hotel parisino, dice: «O se va ese empapelado o me voy yo» (Levithan 2016) o «Muero como he vivido, por encima de mis posibilidades» (EFE 2007).

| Estatua de Oscar Wilde realizada por Danny Osborne en 1997. Se encuentra en el Merrion Square, en Dublín.

CARACTERÍSTICAS

ARTISTA DE SU VIDA

Ya antes de convertirse en escritor, Oscar Wilde deja una huella en su época con su personalidad ampulosa y su lenguaje brillante. Es todo un personaje cuya vida misma pretende ser una obra de arte. Se inscribe en la línea de los dandis nacidos de la alta sociedad que, desde George Bryan Brummell (1778-1840), dan de qué hablar debido a sus gustos refinados, sobre todo en lo que se refiere a la vestimenta, además de por su espíritu vivo e insolente.

Su erudición bebe de las culturas helénica, oriental, renacentista y moderna (romántica y decadente). Aplica y difunde una filosofía del arte y de la vida —ambas se encuentran íntimamente ligadas— gobernada por la belleza de todas las cosas. Así, se interesa en gran medida por la escultura, la pintura, la música, la arquitectura, las artes decorativas, el mobiliario o incluso la moda, afinando así durante sus primeros años un don especial para la crítica estética.

Además, como reacción al moralismo victoriano y a sus valores cristianos, que privilegian el alma en detrimento del cuerpo, Wilde se atreve a defender un hedonismo (filosofía que convierte el placer en el principal objetivo de la existencia) de inspiración pagana que se entrega por completo a los placeres de los sentidos. Parece que el lema de este individualista, que ha heredado de los románticos el egoísmo pero no la melancolía, es *carpe diem* («Aprovecha el presente»).

TO SHOCK, OR NOT TO BE

Se adivina que una actitud tal, que se manifiesta tanto en sus escritos como en público, va acompañada de una buena dosis de provocación. Wilde maneja con brío el arte de la paradoja y de la síntesis, y salpica sus conversaciones de aforismos, máximas, epigramas y oxímoron con los que se divierte regresando a los valores del pensamiento tradicional. Así, para él:

- no hay libros morales o inmorales. Un libro está bien o mal escrito, eso es todo. Es decir, que la estética prima sobre la ética;
- el verdadero arte debe ser inútil;
- una mentira piadosa vale más que una verdad

aburrida;

- la naturaleza imita al arte mucho más de lo que el arte imita a la vida.

Pero la provocación empleada por el dandi debe ser sutil, ya que es un arma de doble filo. Wilde despierta la admiración de todo Londres, pero no por ello se deja de sentir un paria. No solo su defensa del buen gusto en una Inglaterra cuyos tópicos no duda en criticar le hacen tomar conciencia de la soledad —aunque pueda consolarse con el sentimiento de pertenecer a una élite—, sino que su moral también le obliga a mantener un doble juego en una sociedad poco inclinada a tolerar lo que entonces se consideraba perversión. Por eso, ha de «saber hasta dónde se puede ir demasiado lejos» (Cocteau en Palomo Triguero 2014).

Sus comedias son el ejemplo más claro de esto, puesto que le ofrecen al público biempensante de la época el punto necesario de provocación para despertar su curiosidad sin llegar a indignarlo. El dramaturgo se burla de las pequeñas hipocresías, arañando así la moral burguesa sin ponerla radicalmente en tela de juicio. De esta manera, y a pesar de que sus obras no son verdaderamente subversivas, gracias a su humor chispeante son la perfecta encarnación de un cierto espíritu de clase donde reinan las buenas palabras y donde las buenas maneras hacen que todo se perdone.

Además, en sus obras teatrales encontramos un patrón recurrente: un personaje respetable esconde un secreto que otro descubre y usa contra él. Tomemos nota del interés que se ha dado a los temas del disimulo, la mentira, la falsificación, la máscara e incluso la doble identidad. En escena, Wilde consigue sabrosos malentendidos. Pero en sus narrativas de ficción, estos mismos temas adquieren un tono completamente distinto: el mal, el vicio y el crimen son más frecuentes, y algunos motivos ambiguos como el espejo, la sangre, la fealdad y la corrupción anclan al escritor en la corriente decadente.

A LA SOMBRA DE LA MÁSCARA

Al leer a Wilde se adivina enseguida que el escritor no es solo superficial. Tras la pose, el humor y la provocación se esconde —o se revela— un artista sincero e intransigente, un feroz pero reflexivo defensor del arte por el arte. Mientras que los parnasianos sacaron de este credo una poesía a menudo fría e insensible, Wilde se mueve por una sensibilidad absolutamente romántica, impregnada del amor ilimitado que le dedica a los objetos de su pasión. Atraído por el misticismo y el esoterismo, a menudo introduce la fantasía y lo sobrenatural en sus historias. Y siempre descubrimos una reflexión filosófica única que nunca hace inútil su lectura.

Por último, el ácido retrato que pinta de la sociedad victoriana —y no solo en sus obras teatrales, de las que ya hemos hablado— muestra un sentido crítico que sabe cómo dar en el clavo. Identifica los defectos de sus contemporáneos, pero no ofrece un remedio, puesto que sabe muy bien que el mundo que tanto critica es también el mundo al que debe complacer. Su juicio social no es tan cínico como para tomar posición, algo que garantiza su libertad como artista y que sigue siendo su única lucha. Esta actitud solo cambiará después de su experiencia carcelaria, tras la que en su obra *La balada de la cárcel de Reading* adoptará una visión más firme.

El papel de la homosexualidad

Hay que decirlo de una vez por todas: en los escritos de Wilde no hay nada abiertamente homosexual, ya que esto habría sido demasiado peligroso para él. A lo sumo, sus poemas, en particular, apuntan a una recurrencia del tema del efebo (Endimión, Antínoo, san Sebastián), que le fascina. Del mismo modo, las relaciones entre algunos de sus personajes pueden suscitar dudas, pero el amor por las mujeres también está presente. No obstante, cabe mencionar que algunos le atribuyen la paternidad de una novela homoerótica, *Teleny* (1893), que se ha mantenido en secreto durante mucho tiempo.

OBRAS SELECCIONADAS

EL RETRATO DE DORIAN GRAY

Tras la propuesta de la *Lippincott's Monthly Magazine*, Wilde escribe en poco tiempo la que será su única novela. Publicada en una revista en 1890, la historia provoca el escándalo de la sociedad biempensante. Para la edición en volumen, que sale a la luz en 1891, el autor atenúa algunos pasajes excesivamente explícitos y añade varios capítulos y un prefacio en el que expone su visión de la escritura. Hasta el día de hoy, *El retrato de Dorian Gray* es su obra más conocida y figura en el panteón de la literatura mundial.

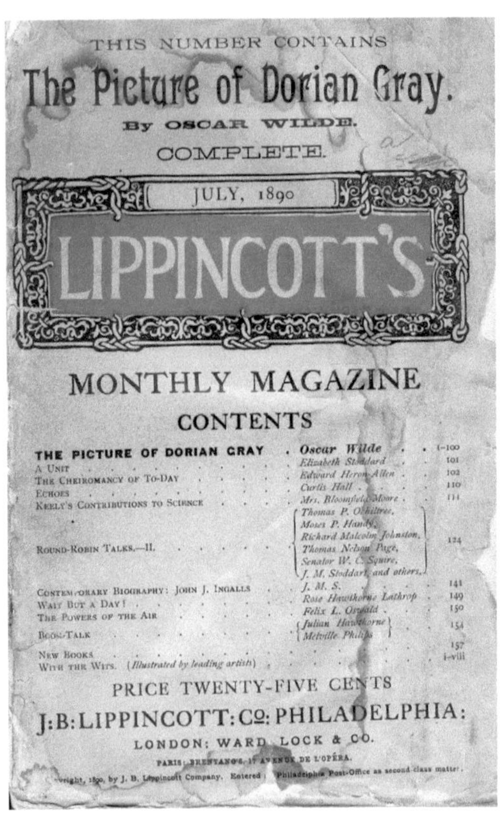

Portada de la primera edición de *El retrato de Dorian Gray* en la *Lippincott's Monthly Magazine*, en 1890.

La historia gira en torno al joven Dorian Gray, que acaba de ser retratado por un amigo. La belleza de la pintura hace que su modelo tome conciencia —influido por las palabras de un dandi con más experiencia, Lord Henry Wotton— de que cuando envejezca su imagen permanecerá eternamente perfecta. Impresionado por esta idea, expresa el deseo de que se invierta el orden de las cosas y que sea su retrato y no él el que sufra el paso del tiempo. El milagro se hace realidad: Dorian existe sin marchitarse. Entonces se sumerge en una vida sinónimo de libertinaje, vicio y deshonestidad. Pero los años pasan y Dorian termina lamentando lo inocente que fue en el pasado. Querría redimirse, pero no puede. Desesperado, apuñala el retrato maldito, pero es él mismo quien muere, aplastado repentinamente por el peso de sus pecados.

Es imposible no ver reflejadas en esta historia las preocupaciones del autor, desgarrado entre una vida mundana que debe mantener dentro de lo respetable y otra menos reconocible, coloreada de vicio. El tema de la identidad dual encuentra aquí una de sus más intensas encarnaciones —como ocurre en esa misma época con *El extraño caso del Dr. Jekyll y Mr. Hyde* (1886) de Stevenson, con la que *El retrato de Dorian Gray* comparte el toque fantástico. Si retrocedemos en el tiempo, podemos pensar en *La piel de zapa* (1831) de Balzac, donde encontramos otro tema común: el pacto diabólico, que aporta éxitos y placeres a su firmante y, al mismo tiempo, la amenaza de un terrible tributo a cambio. Por último, retrocediendo aún más, recordamos evidentemente el *Fausto* de Goethe (1749-1832).

A través de esta fábula filosófica, el autor encarna al extremo el ideal de una vida convertida en obra de arte. Pero el sueño enseguida se convierte en una pesadilla. Mientras Dorian Gray escapa al paso del tiempo y conserva la belleza de su juventud, también pierde su candidez y su virtud: al cultivar placeres interminables, se hunde en el libertinaje. Al ser eternamente joven también pierde cualquier vida social, porque todas las personas a su alrededor envejecen. Además, al rodearse de obras de arte, se pierde en el coleccionismo y se entrega a sutilezas que no son más que pura forma y en las que no hay rastro de sentimiento y de moral. En su casa hay tantos perfumes, joyas, flores y telas que no podemos sino recordar los excesos del barón Des Esseintes, un personaje único en la novela *A contrapelo* de Huysmans. De esta manera, las respuestas del autor a la pregunta «¿Cómo hacer bella la vida?» suenan a advertencias.

Por lo tanto, la influencia del decadentismo francés es evidente, algo que influye en los reproches de inmoralidad contra el novelista, acusado de corromper a la juventud. *El retrato de Dorian Gray* no es solo un libro influente, sino que también es una obra sobre la influencia: Dorian, inducido al pecado por Lord Henry, esparce el mal a su alrededor guiado por su biblia de portada amarilla, *A contrapelo*. Sin embargo, la novela sigue siendo muy casta, ya que el libertinaje atribuido al personaje nunca se describe explícitamente y se deja a la imaginación del lector. Algunos dirán que este es su mejor efecto, otros, que en él radica su peor influencia.

SALOMÉ

En 1891, Wilde, que desea ser también considerado autor francés, escribe esta obra teatral de un solo acto —que nunca llega a ver representada— en la lengua de Molière. De hecho, bajo una antigua ley que prohíbe la representación de figuras bíblicas, la obra es censurada en Inglaterra. El estreno tiene lugar en París en 1896, durante su encarcelamiento.

En el palacio de Herodes, rey de Judea, la joven princesa Salomé, hija de Herodías, pide ver al profeta Juan el Bautista (Jokanaán), prisionero. Salomé se ve presa de un violento deseo por este hombre pálido y místico, pero él la rechaza. Por venganza, se vale de su poder de seducción para que Herodes le traiga la cabeza de Jokanaán en una bandeja de plata, para poder finalmente «besar [s]u boca» (Medina López 2016). En la última línea de la obra, Herodes ordena que también maten a Salomé.

| Ilustración del vestido de pavo real de Salomé
realizada por Aubrey Beardsley y publicada en
la obra *Salomé* (1892).

Aunque adopta la forma teatral, *Salomé* es más
bien un poema o incluso un cuadro viviente. Los
personajes están poco desarrollados y parecen

estatuas de mármol, y a su alrededor flota un ambiente pesado y solemne. Más que la acción misma, conocida de antemano porque traspone un episodio del Nuevo Testamento, es el texto lo que importa. Este, finamente cincelado, acumula imágenes y símbolos mórbidos: la luna (que pasa de ser blanca a roja o cubierta de nubes), la sangre (derramada o pisada), la blancura (especialmente la de los cuerpos), la muerte (suicidio o asesinato), el amor asesino, la crueldad o el mal agüero. La mirada ocupa también un lugar privilegiado en la obra: se escruta, se codicia, se admira y se examina; la belleza, como el mal, nace en el ojo del que la mira.

Con estos motivos diversos, Wilde teje una suntuosa telaraña que, aunque se inspira en la Biblia, se desvía de ella en su espíritu. De este episodio —situado en la encrucijada de las tradiciones cristiana y bizantina— conserva sobre todo el aspecto oriental, que asocia a la riqueza escénica y de vestuario, al erotismo y a las pasiones lánguidas y crueles. El paganismo de la obra destaca aún más al contrastarlo con la intensa religiosidad de Jokanaán, que anuncia el cristianismo venidero. Escuchando sus imprecaciones y los presagios, que parecen oscurecer el cielo, podemos sentir la amenaza que pesa en esta era precristiana.

Adaptando el mito con un toque decadente, Wilde lo pervierte para que coincida con las obsesiones de la época. Así, Salomé, que en la historia original era el juguete de su madre, se convierte aquí en una verdadera mujer fatal, dispuesta a matar para satisfacer un deseo imposible. A pesar de que se encuentra todavía en la edad de la inocencia, encarna el mal y la pureza perdida. La forma también está marcada por la decadencia. A través del empleo de palabras inusuales, de un lenguaje deliberadamente antinatural (acentuado por el hecho de que es el francés de un anglófono), de repeticiones y de nombres extranjeros que él escoge (o forja) por su sonoridad, Wilde crea lo que se llama una «escritura artista» que se limita a lo extraño y escaso y, al mismo tiempo, pervierte el texto bíblico (lo que nos recuerda a *El Cantar de los Cantares*):

> «¡Jokanaán, estoy enamorada de tu cuerpo! Tu cuerpo es blanco como los lirios del valle que el segador nunca ha tocado. Tu cuerpo es blanco como la nieve que está en las montañas de Judea

El que Salomé sea una obra maestra del decadentismo también se debe a su juego de interacción entre las artes. La obra recurre alternativamente a la poesía (como evidencian el lenguaje y estilo utilizados), a la pintura (especialmente a través de poses grandilocuentes o motivos recurrentes), a las artes decorativas (descripciones de objetos, joyas o ropa), a la música y a la danza (Wilde inventa la famosa danza de los siete velos, que no describe pero que está desde entonces inextricablemente ligada al mito). También lo es por su profundo arraigo en los gustos del tiempo: el mito de Salomé es muy popular en la producción de finales del siglo XX, sobre todo entre pintores como Gustave Moreau (1826-1898), ilustradores como Aubrey Beardsley, novelistas como Gustave Flaubert (1821-1880), poetas como Stéphane Mallarmé (1842-1898) o dramaturgos como Maurice Maeterlinck (1862-1949).

LA IMPORTANCIA DE LLAMARSE ERNESTO

La última de las cuatro comedias del autor, *La importancia de llamarse Ernesto* (1895), coincide tanto con su gloria como con su caída: la obra tiene un gran éxito ya desde las primeras representaciones, pero al mismo tiempo comienzan en la época los juicios que acabarán con el autor.

La forma de esta obra teatral es similar a la del vodevil francés, que tuvo a finales del siglo XIX grandes maestros, entre ellos Georges Feydeau (1862-1921). Por otra parte, es fácil ver en su argumentación un distante reflejo de las preocupaciones del autor. Su héroe, John Worthing, vive una doble vida. En la ciudad y bajo el nombre de Ernesto, es un dandi comprometido con la joven Gwendolen; pero en el campo es el respetable tío Jack de su pupila Cecilia, a la que le dice que tiene un hermano llamado Ernesto para poder ausentarse de vez en cuando. Sin embargo, un día, su amigo Algernon descubre el engaño y acude a la segunda residencia de John. Allí, finge ser el famoso hermano y corteja a Cecilia, que ya se había enamorado del misterioso Ernesto de tanto oír hablar de él. Los malentendidos y las revelaciones se suceden hasta desembocar en un final feliz.

Como en sus otras comedias, pero con mayor maestría, Wilde explota aquí su arte del diálogo, de la respuesta mordaz, de la palabra a tiempo y de la paradoja provocadora. El humor que emerge de este alegre duelo oral se debe en particular a la inversión sutil de los valores comúnmente aceptados. En el centro, la oposición entre ligereza y seriedad: para Wilde, es necesario tratar los temas ligeros con seriedad y los asuntos serios con ligereza. Esta paradoja resulta aún más agradable en la medida en que se hace eco en el propio tema de la obra a través de un juego de palabras que se pierde en la traducción más conocida del título al español. La obra original, llamada *The Importance of Being Earnest*, juega con las palabras homófonas «Ernest» (un nombre propio) y «*earnest*» (que significa «sincero», «serio», «honesto»). En un intento por recrear el juego de palabras inglés se han editado nuevas traducciones que llevan por título *La importancia de ser Franco* o *La importancia de ser Severo*, entre otras. En cualquier caso, el personaje de Ernesto («Ernest» en el original) se aferra a su reputación de hombre serio (o «*earnest*» en inglés). Los personajes de Gwendolen y Cecilia están muy apegados a este nombre, que en realidad no pertenece a ningún protagonista. Cuando se enteran, se sienten muy decepcionadas, pero siguen considerando que están comprometidas con un tal Ernesto que en realidad no existe. Podemos ver que en Wilde también hay *nonsense* (un tipo de absurdo), pero un *nonsense* que no es ilógico porque nace de la propia inteligencia del discurso.

El escritor fue criticado por crear una obra de teatro carente de mensaje. Sin embargo, esto juega a su favor: el que sus comedias resulten tan interesantes se debe precisamente al hecho de que sean tan superficiales. Al negarse a jugar a las enseñanzas y a hacernos buscar un significado más allá de la obra y no en la obra misma, Wilde crea un objeto perfecto. Además, el tema no está exento de resonancias sociológicas. A través de sus personajes (un poco huecos en sí mismos pero interesantes entre sí), el autor dibuja un original retrato de la sociedad victoriana y de las insoportables restricciones que impone a sus miembros. Para él, la naturaleza humana, libre en esencia, no puede conformarse con los modelos que las convenciones le imponen sin dotarse ocasionalmente de una «válvula» para respirar, aunque sea a través de una máscara. Por nuestro propio bien, las obras de Wilde se utilizan como válvulas de escape en un mundo a menudo demasiado serio, y proclaman la importancia — saludable— de ser, ante todo, superficial.

LA BALADA DE LA CÁRCEL DE READING

La última obra de Wilde, que él mismo consideró su canto de cisne, es la única que escribe después de su estancia en prisión si exceptuamos la larga carta a Douglas titulada *De Profundis*. Este extenso poema se publica en 1898 en una editorial de obras marginales. La obra, que nace de su calvario, se publica gracias a un editor de obras marginales bajo el nombre «C.3.3.», que hace referencia al número de celda de Wilde en la prisión.

Más que de su propio destino, el condenado habla del de los prisioneros en general, y de uno de ellos en particular. Durante el encarcelamiento de Wilde, un condenado a muerte es llevado a Reading para ser ahorcado. El poeta traza entonces un paralelismo entre el destino de este hombre y el de toda la comunidad. Evoca sus últimos días, su ascenso al cadalso (que debe imaginarse porque, por supuesto, no asistió al ajusticiamiento), así como su indigno entierro, bajo la cal viva en un agujero sin nombre. A continuación presenta una verdadera acusación en la que el autor ataca la presunta injusticia de los hombres.

El contraste entre el dandi mundano de antaño y el humilde «C.3.3» es ciertamente sorprendente, por no decir conmovedor. Para aquellos que no conocen la historia de Wilde, la identidad de ambos parecería incluso increíble. Caído del cielo como Ícaro y habiendo perdido todo (su nombre ha sido mancillado, sus bienes vendidos, ya no puede ver a sus hijos), Wilde finalmente saca a relucir su sinceridad. Se acabaron los malabarismos y la búsqueda de palabras: es en su corazón donde ahora se sumerge su pluma, para entregarnos un vibrante grito del alma con tintes de libelo.

Este narrador que dice «yo» ya no es el dandi de clase alta rebosante de individualismo, sino un ser humano hermanado con los demás. En primer lugar, con los otros prisioneros, porque el «yo» a menudo se alterna con el «nosotros»: al evocar la suerte del condenado a muerte (sin perdonar su crimen, ya que esta no es la cuestión), el autor habla del sufrimiento de todos los prisioneros. Pero también está hermanado con todos nosotros, puesto que todos compartimos una parte de la culpabilidad humana, que Wilde resume afirmando que matamos a quienes amamos. A lo que quisiéramos añadir: y los hombres matan a los que aman. Porque Wilde fue condenado por culpa de su amor a los hombres.

Este texto también es, por lo tanto, una acusación contra una sociedad que castiga con demasiada dureza a quienes califica de marginados. Wilde arregla sus cuentas denunciando crudamente la infamia de la vida en la cárcel y la injusticia de tener que asumir el papel de chivo expiatorio. A través de su martirio, comprende que las leyes humanas son más duras que las eternas. El texto sienta así la primera piedra para un retorno a una forma de religiosidad que llevará a Wilde, en el umbral de la muerte, a convertirse al catolicismo.

Independientemente de su tema, este poema es sin duda una obra de excelente calidad. La forma medieval de la balada, con su ritmo, sus repeticiones, sus estribillos y sus rimas, resuena como un conjuro, una marcha fúnebre o incluso como un baile de la muerte. Con su estructura dramática, su lenta progresión hacia la muerte, su coro de prisioneros y su súplica final, *La balada de la cárcel de Reading* también evoca la tragedia griega. Pero también pensamos en la *Balada de los ahorcados* (1462) de François Villon (1431-1463) o *La balada del viejo marinero* (1798) de Samuel Coleridge (1772-1834). La obra de Wilde es tan solemne que en el epitafio de la tumba del poeta está gravado un pasaje de la obra:

> «Lágrimas ajenas llenarán para él la urna de la piedad, hace tiempo rota pues quienes le lloren serán los parias, y los parias siempre lloran»[1].

---

1. Cita traducida por 50Minutos.es

OSCAR WILDE, UNA FUENTE DE INSPIRACIÓN

Son dos los personajes de Wilde que han pasado a la posteridad. El primero es, por supuesto, Dorian Gray, una encarnación ejemplar de la duplicidad humana y del sueño de la eterna juventud. Se trata, junto a Fausto, de los escasos mitos modernos existentes y, por ello, ha sido objeto de numerosas adaptaciones (novelas, películas, teatro, cómics). Su nombre ha entrado, por así decirlo, en el lenguaje común para designar a un dandi o a alguien cuya aparente juventud parece contradecir la edad real.

El segundo, a veces erróneamente confundido con el primero, no es otro que el propio Oscar Wilde. Este sublime representante del espíritu de su época nos remite al fantasma de un suntuoso siglo XIX, símbolo de una Europa en pleno apogeo de su cultura, cuna de las artes y de las letras. Su viaje tiene algo trágico y anunciado que también lo convierte en un ser de ficción. El novelista inglés Gyles Brandreth (nacido en 1948) no se equivoca al convertir a Oscar Wilde en el héroe de una serie de novelas en las que comparte el protagonismo con nada más y nada menos que Arthur Conan Doyle. Pero Wilde inspira sobre todo como dandi y esteta, y más de un siglo después de su muerte continúa dando ejemplo. Así, se puede decir que algunas celebridades, como Karl Lagerfeld (nacido en 1933), reflejan a los descendientes más o menos adulterados de su espíritu.

Pero la opinión sobre el escritor no siempre fue unánime. Mientras que Francia y Alemania lo consideraron inmediatamente un artista, para los ingleses fue durante mucho tiempo el homosexual, el criminal, y sus obras permanecieron durante décadas en la sombra, bajo las garras de la censura. Afortunadamente, la opinión de hoy en día es más tolerante y ve a Wilde como un mártir de la causa homosexual y como un discreto pionero de la literatura LGBT (lesbianas, gais, bisexuales y transexuales). Después de él destacan André Gide (1869-1951), Jean Cocteau (1889-1963) y Jean Genet (1910-1986).

Sin embargo, hay que decir que la obra de Wilde no ha tenido una verdadera posteridad literaria. El decadentismo y el esteticismo han evolucionado hacia el simbolismo, pero Wilde, al menos hasta su estancia en la cárcel, sigue siendo un seguidor purista de estos estilos, que querían ser por naturaleza la expresión de un «fin de la raza» sin descendencia. No obstante, el siglo no muere con él, y otros escritores prolongan el espíritu de final de siglo en la Belle Époque. Ejemplos de ello son Jean Lorrain (1855-1906), Marcel Schwob (1867-1905), Pierre Louÿs (1870-1925) y Thomas Mann (1875-1955), por no citar a Marcel Proust (1871-1922). Pero el siglo XX, marcado por las guerras, explora después otros caminos, rechazando radicalmente este arte despreocupado producido por una élite indiferente a los problemas del mundo.

Al final, el mayor legado que nos ha dejado Wilde es su inteligencia. Con sus buenas palabras, continúa invitándose a nuestras mesas y se ha convertido en una parte esencial de las antologías de citas. Este rasgo, combinado con su reputación de atrevido, también es más que evidente en las diversas adaptaciones de su obra y vida, por ejemplo en la película bibliográfica *Wilde* (1997), dirigida por Brian Gilbert (nacido en 1960). Entre sus textos más adaptados, *Salomé* fue el tema de una ópera de 1905 de Richard Strauss (1864-1949) y de varias películas, entre ellas *Salomé* (1988), dirigida por Ken Russell (1927-2011). *El retrato de Dorian Gray*, también adaptado muchas veces al cine, algunas veces ha tenido éxito, como en 1945 con la versión de Albert Lewin (1894-1968), y otras menos, como la de Oliver Parker (nacido en 1960) en 2009.

EN RESUMEN

- Antes de convertirse en escritor, Oscar Wilde es un dandi y un orador brillante con una personalidad llamativa que cultiva una creciente popularidad a través de su espíritu refinado, de su actitud distinguida y de un gusto tan claro como poco convencional.
- Defiende, tanto oralmente como por escrito, una filosofía del arte llevada a su paroxismo, cuya palabra clave es belleza, y que él llama esteticismo.
- Su forma de expresión preferida es el epigrama, una fórmula condensada dirigida a impresionar a través del uso de una paradoja, de una inversión de valores o de una comparación audaz para crear la conciencia de una verdad superior.
- El viaje literario de Wilde comienza a finales de 1880 con la publicación de sus primeros poemas, y luego cobra impulso alrededor de 1887 antes de detenerse abruptamente en 1895 tras su encarcelamiento. Después de este solo publica dos textos más, ambos muy marcados

por su experiencia carcelaria.

- Wilde brilla en todos los géneros: crítica, ensayo, poesía, cuento, novela y teatro. Sus cuatro comedias lo convierten en una estrella de la escena londinense, mientras que su única novela, *El retrato de Dorian Gray*, se considera a día de hoy una obra maestra de la literatura mundial, aunque suscitó un gran escándalo en su época.
- Wilde, una figura a la moda, encaja perfectamente en el ambiente artístico de su época, particularmente en el decadentismo, corriente a la que más se acerca su escritura.

¡Tu opinión nos interesa!
¡Deja un comentario en la página web de tu librería en línea,
y comparte tus favoritos en las redes sociales!

PARA IR MÁS ALLÁ

FUENTES BIBLIOGRÁFICAS

- Darcos, Xavier. 2013. *Oscar a toujours raison*. París: Plon.

- Des Cars, Laurence. 1999. *Les Préraphaélites: un modernisme à l'anglaise*. París: Gallimard y RMN.

- Ferney, Frédéric. 2009. *Oscar Wilde ou Les Cendres de la gloire*. París: Mengès.

- Holland, Merlin. 2000. *L'Album Wilde*. París: Éditions du Rocher.

- Isla, Augusto. 2000. "Wilde: todo sea por la belleza". *La Jornada Semanal*. 26 de noviembre. Consultado el 23 de octubre de 2017. http://www.jornada.unam.mx/2000/11/26/sem-wilde.html

- Jullian, Philippe. 2011. *Oscar Wilde*. París: Bartillat.

- Lambourne, Lionel. 1996. *The Aesthetic Movement*. Londres: Phaidon.

- Medina López, Alberto. 2016. "La pasión obsesiva de Salomé". *El Espectador*. 14 de octubre. Consultado el 23 de octubre de 2017. https://www.elespectador.com/noticias/cultura/pasion-obsesiva-de-salome-articulo-660442

- Merle, Robert. 1957. *Oscar Wilde*. París: Éditions

universitaires.

- Ortega Blake, Arturo. 2013. *El gran libro de las frases célebres*. s. l.: Editorial Grijalbo.

- Sato, Tomoko y Lionel Lambourne. 2000. *The Wilde Years: Oscar Wilde & the Art of His Time*. Londres: Barbican Art Galleries en asociación con Philip Wilson Publishers.

- Schiffer, Daniel Salvatore. 2014. *Oscar Wilde: splendeur et misère d'un dandy*. París: La Martinière.

- Wilde, Oscar. 1992. *Salomé. Una mujer sin importancia*. Santiago de Chile: Editorial Andrés Bello.

- Wilde, Oscar. 1993. *The Complete Plays, Poems, Novels and Stories*. Londres: Magpie.

- Wilde, Oscar. 1996. *Œuvres*. París: Gallimard, colección *Bibliothèque de la Pléiade*.

- Wilde, Oscar. 2007. *Un marido ideal. Una mujer sin importancia*. Traducido por Alfonso Sastre y José Sastre. Buenos Aires: Editorial EDAF.

- Wilde, Oscar. 2009. *Pensées, mots d'esprit, paradoxes*. Traducido por Alain Blanc. Caligrafiado por Jean-Jacques Grand. Montélimar: Voix d'Encre.

- Wilde, Oscar. 2010. *Contes et Récits*. París: Librairie générale française.

FUENTES ICONOGRÁFICAS

- Estatua de Oscar Wilde realizada por Danny Osborne en 1997. Se encuentra en el Merrion Square, en Dublín. La imagen reproducida está libre de derechos.

- Portada de la primera edición de *El retrato de Dorian Gray* en la *Lippincott's Monthly Magazine*, en 1890. La imagen reproducida está libre de derechos.

- Ilustración del vestido de pavo real de Salomé realizada por Aubrey Beardsley y publicada en la obra homónima *Salomé* (1892). La imagen reproducida está libre de derechos.

www.50Minutos.es

ISBN ebook: 9782806298034

ISBN papel: 9782806298041

Depósito legal: D/2017/12603/304

Cubierta: Retrato de Oscar Wilde, por Napoleon Sarony

Libro realizado por <u>Primento</u>*, el socio digital de los editores*